MEIYOU ERDUO DE TUZI HE LIANG ZHI ERDUO DE XIAOJI

没有耳朵的兔子和 两只耳朵的小鸡

[德] 克劳斯·鲍姆加特　蒂尔·施威格　著

王　星　译

接力出版社
Publishing House

两只耳朵的小鸡和没有耳朵的兔子是最好的朋友。
既然是最好的朋友，他们俩干什么都愿意在一起。

他们一起比赛挖洞，

一起赛跑，

一起藏猫猫。

只要和好朋友在一起，什么也拦不住他们。

要是饿了，就一起吃脆脆的胡萝卜。

有一天，两只耳朵的小鸡伤心地说："你什么都比我强！我再怎么努力也比不上你。"

"这有什么奇怪的，因为你是小鸡，不是兔子啊！"没有耳朵的兔子安慰两只耳朵的小鸡，"你一定有比我强的地方！"

他们一起去找其他的小鸡："请问，你们知道，鸡
在哪些方面最拿手吗？"

小鸡们想了想说:"我们会在院子里啄谷粒,

会把好吃的蚯蚓从泥土里叼出来。等
我们长大了，还会生蛋呢！"

"只有这些吗？"两只耳朵的小鸡问。
"对我们来说，这就够了。"其他的小鸡说完，
接着去啄谷粒了。

"可是，我们的翅膀是干吗的呢？"两只耳朵的小鸡好奇地问，
"难道我们不会飞吗？"

"飞？"小鸡们叽叽喳喳地说，"小鸡是不会飞的！"

"我多想会飞啊!那样,我就可以告诉你,这个世界从空中看是什么样子的。"两只耳朵的小鸡失望地叹息着说。

没有耳朵的兔子同情地看着两只耳朵的小鸡说:"如果你特别想飞,你就一定能做到。来,我帮你!"

"我们先看看，到底怎样才能飞起来。"没有耳朵的兔子说。

"哈哈……嗯嗯……噢噢……原来这样……"

没有耳朵的兔子嘟嘟囔囔地自言自语。

两只耳朵的小鸡在一旁期待地看着兔子。

最后，没有耳朵的兔子肯定地
说："首先，必须给你置办一套
专业的装备。"

"最最重要的是飞行帽，耳朵可不能冻着！"

"这真是太漂亮了！"两只耳朵的小鸡高兴地说，

"有点遗憾的是，戴上它就看不见漂亮的长耳朵了。"

"然后，你还需要一个专业教练！这活儿我来就行。"
没有耳朵的兔子自告奋勇地说。

"第一节课：耐力训练，

这可以提高你的助跑能力。"没有耳朵的兔子说。

接着，没有耳朵的兔子很专业地说：

"你的翅膀太小了，现在要重点锻炼翅膀。"

"你要想在空中箭一般地飞翔，就要具有相应的勇气和体力。"没有耳朵的兔子继续说。

"你还得适应风。以后飞行时，风会迎着你猛烈地吹！"

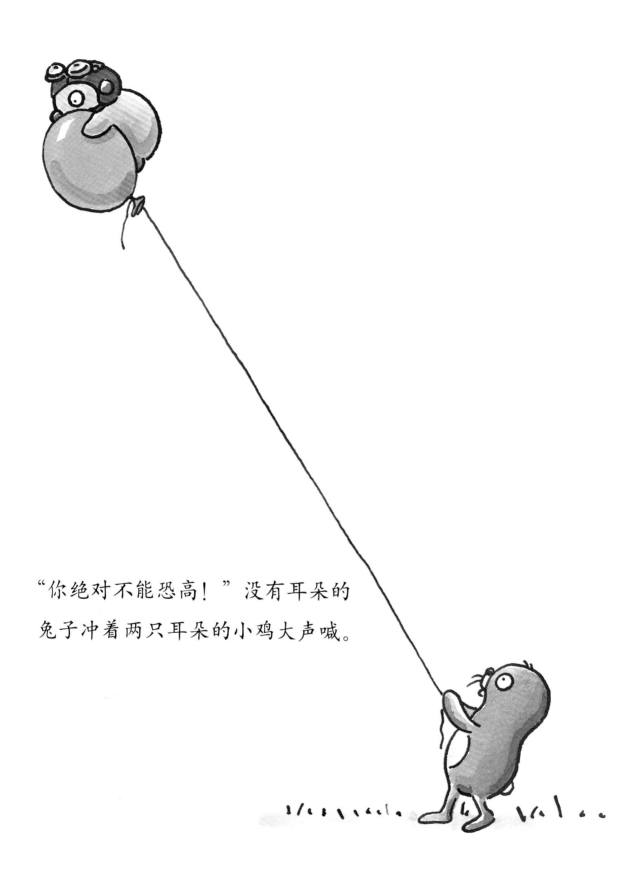

"你绝对不能恐高！"没有耳朵的
兔子冲着两只耳朵的小鸡大声喊。

几天之后，没有耳朵的兔子满意地说："最后，我们还要练习着陆，一个完美的着陆是必需的。"

其他的小鸡咯咯地叫着说:"天哪,这可不是什么好事!
鸡是不会飞的!"
他们一直好奇地看着他俩。

"别理他们。现在清点一下你的行头：好吃的、地图、指南针、白围巾、雨伞、太阳镜、望远镜、照相机和手电筒。如果都带齐了，马上就可以出发！"

"可是，"两只耳朵的小鸡叫道，"我的翅膀现在连动都动不了，还怎么飞呀？"

"那好吧，"没有耳朵的兔子很理解他，"对于一次短距离飞行来说，也许，基本装备就足够了。"

"注意，起飞！"

两个好朋友跑到房子后面的小山丘上。

"现在就让你们见证一下精彩时刻！"没有耳朵的兔子
对其他的小鸡喊道。

"这是不可能的！小鸡不会飞！"
小鸡们叽叽喳喳地叫着说。

"预备——快跑！"

没有耳朵的兔子喊道，"张开翅膀！

别往下看！

注意风和速度！

降落时……

小心！"

"我们刚才就说了，小鸡不会飞！哈哈哈哈！"
没有耳朵的小鸡们大笑起来。

"对不起。"没有耳朵的兔子对
湿透了的小鸡直道歉。

"快！快把身体弄干，千万别感冒了！"
他急忙找出来一个旧吹风机。

1.

2.

3.

4.

吹风机吹出热乎乎的风。

当温暖的风在小鸡的两只耳朵周围吹拂时，小鸡突然
觉得自己飘起来了一点儿。

"哈哈，明白啦！原来是这样啊！你根本不需要用
翅膀来飞，你的两只耳朵就能帮着你飞起来！"没
有耳朵的兔子激动地喊起来。

他们又飞快地跑回小山丘。

"扇动耳朵，扇动耳朵！"没有耳朵的兔子
太激动了，几乎喘不过气来。

两只耳朵的小鸡开始助跑——飘起来了，
飘起来了！一股强劲的风在小鸡的耳朵
底下吹着，把小鸡托上了高空。

"哇——"两只耳朵的小鸡欢呼起来，
"我飞起来啦！我飞起来啦！"
小鸡在空中勇敢地翻了一个漂亮的筋斗。

两只耳朵的小鸡越飞越高，

越飞越高……

……越飞越高……

……越飞越高……

如果有两只又长又大的耳朵……

再加上一个天下最好的朋友，一个可以分享梦想的朋友，飞翔可以成为一件很容易的事。

桂图登字：20-2014-309

Zweiohrküken und Keinohrhase
©2010 Baumhaus Verlag in the Bastei Lübbe AG
Based on ideas and characters from the movies, „Keinohrhasen" und, „Zweiohrküken" by Til Schweiger
©Text and illustrations: Klaus Baumgart
© Barefoot Films GmbH/Warner Bros. Enterainment GmbH

本书中文简体字版权由北京华德星际文化传媒有限公司代理

图书在版编目（CIP）数据

没有耳朵的兔子和两只耳朵的小鸡/（德）鲍姆加特，（德）施威格著；王星译.—南宁：接力出版社，2015.7
ISBN 978-7-5448-4049-1

I.①没… II.①鲍…②施…③王… III.①儿童文学－图画故事－德国－现代 IV.①I516.85

中国版本图书馆CIP数据核字(2015)第148806号

责任编辑：唐 玲 文字编辑：海梦雪 美术编辑：卢 强
责任校对：贾玲云 责任监印：史 敬 版权联络：金贤玲
社长：黄 俭 总编辑：白 冰
出版发行：接力出版社 社址：广西南宁市园湖南路9号 邮编：530022
电话：010-65546561（发行部） 传真：010-65545210（发行部）
http://www.jielibj.com E-mail:jieli@jielibook.com
经销：新华书店 印制：北京盛通印刷股份有限公司
开本：889毫米×1194毫米 1/16 印张：3.75 字数：20千字
版次：2015年7月第1版 印次：2019年5月第4次印刷
印数：24 001－29 000册 定价：32.00元

关于作者

克劳斯·鲍姆加特，多年来一直致力于儿童图书的艺术创作，《劳拉的星星》是他的成名作，凭借这部作品他跻身于世界最优秀的童书作家行列。1990年以《小怪物》和《被抓住了》获得奥地利青少年图书奖提名，1994年《小怪物》一书获得了"金书奖"，1999年《劳拉的星星》一书获得了英文奖项"儿童图书奖"。2006年，《劳拉的圣诞星》在奥地利"年度最受欢迎的图画书"排行榜中名列榜首。《劳拉的星星》已被改编为电影。

蒂尔·施威格，德国影坛最炙手可热的才子。他于2007年自制、自编、自导兼自演的电影《没有耳朵的兔子》获得影评人与观众的一致好评，创下德国影坛票房佳绩，获得德国斑比奖、巴伐利亚电影奖以及德国喜剧奖等6项大奖。